VENTE
Du Mercredi 15 Mai 1901
HOTEL DROUOT, SALLE Nº **6**
à 3 heures 1/2 précises

Collection de M. R···

Tableaux Modernes

AQUARELLES

Mᵉ LÉON TUAL, commissaire-priseur
M. L. MOLINE, expert

No 5 — Ch. JACQUE. — *Troupeau de moutons sous bois.*

CATALOGUE

DE

TABLEAUX

MODERNES

ET AQUARELLES

PAR

BAIL (JOSEPH), BOUDIN (E.), CHAPLIN (CH.),
BENJAMIN CONSTANT, JACQUE (CH.), JONGKIND, LAMI (EUG.),
LÉPINE (S.), ROYBET, TROUILLEBERT, VEYRASSAT ET ZIEM.

Composant la Collection de M. R***

DONT LA VENTE AURA LIEU

HOTEL DROUOT, SALLE N° 6
Le Mercredi 15 Mai 1901
à 3 heures 1/2 précises

COMMISSAIRE-PRISEUR	EXPERT
Mᶜ LÉON TUAL	**M. L. MOLINE**
56, rue de la Victoire	20, rue Laffitte

EXPOSITIONS

PARTICULIÈRE : *Le Mardi 14 Mai 1901, de 2 heures à 5 h. 1/2.*
PUBLIQUE : *Le Mercredi 15 Mai 1901 (Jour de la vente), de 1 h. à 3 h.*

CONDITIONS DE LA VENTE

La vente sera faite au comptant.

Les acquéreurs paieront *dix pour cent* en sus de prix d'adjudication.

Paris. Imprimerie de l'Art, E. Moreau et Cⁱᵉ, 41, rue de la Victoire.

No 8 — JONGKIND. — *Un canal à Amsterdam.*

Hélio. Fortier-Marotte, Paris.

DÉSIGNATION

TABLEAUX

BAIL
(JOSEPH)

1 — *Cuisinier.*

Toile. Haut., 36 cent.; larg., 45 cent.

BOUDIN
(E.)

2 — *Le Port du Havre.*

Haut., 23 cent.; larg., 36 cent.

CHAPLIN
(CH.)

3 — *La Musique et la Danse.*

Esquisse.

Toile. Haut., 46 cent.; larg., 52 cent.

CONSTANT
(BENJAMIN)

4 — *Une Place à Montmartre.*

> Toile. Haut., 45 cent.; larg., 53 cent.

JACQUE
(CH.)

5 — *Troupeau de moutons sous bois.*

> Toile. Haut., 46 cent.; larg., 38 cent.

JONGKIND

6 — *La Rue Saint-Jacques (1881).*

> Panneau. Haut., 17 cent.; larg., 12 cent.

JONGKIND

7 — *L'Église Saint-Séverin (1877).*

> Panneau. Haut., 17 cent.; larg., 12 cent.

JONGKIND

8 — *Un Canal d'Amsterdam (1873.)*

> Toile. Haut., 24 cent.; larg., 32 cent.

Nº 12 — ROYBET. — *Le lever d'une courtisane.*

Hélio. Fortier-Marotte, Paris.

JONGKIND

9 — *L'Isère aux environs de Grenoble (1875).*

> Toile. Haut., 32 cent.; larg., 45 cent.

JONGKIND

10 — *Canal de Hollande.*

> Toile. Haut., 26 cent.; larg., 44 cent.

LÉPINE
(S.)

11 — *Bords de rivière.*

> Haut., 22 cent.; larg., 35 cent.

ROYBET
(F.)

12 — *Le Lever d'une Courtisane.*

> Toile. Haut., 30 cent.; larg., 36 cent.

TROUILLEBERT

13 — *Paysage.*

> Toile. Haut., 46 cent.; larg., 52 cent.

VEYRASSAT

14 — *La Halte.*

> Panneau. Haut., 23 cent.; larg., 31 cent.

VEYRASSAT

15 — *La Fenaison.*

> Toile. Haut., 50 cent.; larg., 70 cent.

VEYRASSAT

16 — *La Moisson.*

> Panneau. Haut., 26 cent.; larg., 34 cent.

ZIEM

17 — *Canal de la Judecca.*

> Panneau. Haut., 41 cent.; larg., 63 cent.

Nº 9 — JONGKIND. — L'Isère aux environs de Grenoble.

Hélio. Fortier-Marotte, Paris.

AQUARELLES

CONSTANT
(BENJAMIN)

18 — *Maison Arabe.*

> Haut., 29 cent.; larg., 43 cent.

LAMI
(EUG.)

19 — *La Belle au Bois dormant.*

> Haut., 21 cent.; larg., 34 cent.

LAMI
(EUG.)

20 — *Faust et Marguerite.*

> Haut., 22 cent.; larg., 20 cent.